Dear Family and Friends of New Readers,

Welcome to Scholastic Reader. We have taken over ninety years' worth of experience with teachers, parents, and children and put it into a program that is designed to match your child's interests and skills. Each Scholastic Reader is designed to support your child's efforts to learn how to read at every age and every stage.

- First Reader
- Preschool – Kindergarten
- ABC's
- First words

- Beginning Reader
- Preschool – Grade 1
- Sight words
- Words to sound out
- Simple sentences

- Developing Reader
- Grades 1 – 2
- New vocabulary
- Longer sentences

- Growing Reader
- Grades 1 – 3
- Reading for inspiration and information

For ideas about sharing books with your new reader, please visit www.scholastic.com. Enjoy helping your child learn to read and love to read!

Happy Reading!

—Francie Alexander
Chief Academic Officer
Scholastic Inc.

EL CHAVO™

LA CARRERA DE AUTOS
THE CAR RACE

Adaptado por/ Adapted by Samantha Brooke
Traducido por/ Translated by Juan Pablo Lombana

Scholastic tiene como prioridad la seguridad de los niños, por eso recomienda que usen cascos y equipos de protección cuando monten en bicicleta o juguetes similares.

Scholastic wants children to be safe and recommends they wear helmets and safety gear when riding a bicycle or playing with any riding toys.

No part of this publication may be reproduced, stored in a retrieval system, or transmitted in any form or by any means, electronic, mechanical, photocopying, recording, or otherwise, without written permission of the publisher. For information regarding permission, write to Scholastic Inc., Attention: Permissions Department, 557 Broadway, New York, NY 10012.
ISBN 978-0-545-72293-3

10 9 8 7 6 5 4   15 16 17 18 19/0

Designed by Angela Jun
Printed in the U.S.A.   40
First printing, September 2014

-¿Qué es eso? -le preguntó el Chavo al profesor Jirafales.
-Un carrito para Quico y flores para su mamá -contestó el
profesor.

"What do you have there?" Chavo asked Professor Jirafales.
"I have a car for Quico and flowers for his mother," the professor
answered.

–¿Me lo presta? –preguntó el Chavo.
–Pídeselo prestado a Quico –dijo el profesor.

"Can I borrow the car?" asked Chavo.
"You'll have to ask Quico," said the professor.

El Chavo sabía que Quico nunca le iba a prestar el carrito.
Así que jugó a los carros de carreras con Ñoño.

Chavo knew that Quico would never let him borrow the car.
So Chavo raced toy cars with Ñoño instead.

-¡Órale, Quico! ¡Pareces un piloto de carreras de verdad!
-dijo Ñoño.
-¿Quieren jugar con mi carro? -preguntó Quico.

"Wow, Quico! You look like a real race-car driver," said Ñoño.
"Do you want to try my car?" asked Quico.

–¡Sí! –dijo el Chavo.
–¡Pues compra uno! –dijo Quico.

"Yeah!" said Chavo.
"Then go buy one!" teased Quico.

-¡Ahora sí me la pagas! -gritó el Chavo.

"I'm going to get you for that!" cried Chavo.

-¿Qué pasa aquí? -preguntó don Ramón.
-¡Quico se estaba burlando de mí! -dijo el Chavo.

"What's going on here?" asked Don Ramón.
"Quico was teasing me!" said Chavo.

-Las cosas nunca se arreglan con violencia –dijo don Ramón.

-Pero es que quiero darle una lección –dijo el Chavo.

"Things should never be settled with violence," said Don Ramón.
"But I want to teach him a lesson," said Chavo.

–Chavo, yo fui mecánico –dijo don Ramón–. Te haré tu propio carrito.

"Chavo, I used to be a mechanic. I'll make you your own car," said Don Ramón.

—Chavo, ¿a poco no es un carrazo? —preguntó don Ramón.

—Yo no diría tanto como eso —dijo el Chavo.

"Chavo, isn't this car incredible?" asked Don Ramón.

"That's not the word I would use," said Chavo.

-Qué malagradecido eres, Chavo -dijo don Ramón-.
Le puse alma, corazón y vida a este carro.
-Mejor le hubiera puesto tuercas y tornillos -dijo el Chavo.

"Be nice, Chavo," said Don Ramón. "I put my heart and soul into this car."
"It would have been better if you put in nuts and bolts," said Chavo.

–¿Esa porquería es tu carrito? –le preguntó Quico el Chavo–. ¡Esas tablas viejas no sirven sino para echarlas a una fogata!

"Is that pile of junk your car?" Quico teased Chavo. "Those old wood boards aren't good for anything except starting a bonfire!"

-Si te sientes tan especial, ¡juégate una carrera! -dijo Ñoño.
-¡Sale y vale! -dijo Quico.

"If you think you're so special, then we should have a race!" said Ñoño.
"You're on!" said Quico.

Antes de la carrera, Ñoño se sentó en el carro del Chavo.
—¡Ya se accidentó el carrito y ni siquiera ha comenzado
la carrera! —gritó el Chavo.

Just before the race, Ñoño sat in Chavo's car.
"The car's already been in an accident and the race hasn't even started!"
cried Chavo.

Don Ramón arregló el carrito lo mejor que pudo.
–Utiliza la cuerda como volante –dijo don Ramón–. Y cuando quieras frenar, pon el pie en la rueda.

Don Ramón fixed the car as best he could.
"You use the rope to steer," said Don Ramón. "And when you want to brake, put your foot on the wheel."

Quico se rió cuando vio el carro del Chavo.
—Avísame cuando llegues a la meta —dijo Quico—. Estaré comiéndome un helado.

Quico laughed when he saw Chavo's car.
"Call me when you get to the finish line," he said. "I'll be eating an ice cream."

Todos los de la vecindad fueron a ver la carrera.
—¡En sus marcas, listos, ya! –gritó don Ramón.

Everyone in the neighborhood came to see the race.
"Ready, set, go!" shouted Don Ramón.

Ñoño empujó el carrito, pero se atascó.
-¡Ay, mamita! ¡Auxilio! -gritó Ñoño.

Ñoño gave the car a push, but he got stuck.
"Oh, no! Help!" cried Ñoño.

Quico confiaba tanto que ganaría, ¡que hasta paró para comer helado!
Se sorprendió al ver que el Chavo y Ñoño lo pasaban.

Quico was so sure he'd win, he even stopped for ice cream!
He was surprised when Chavo and Ñoño raced by.

Noño pesaba mucho. ¡El carro estaba fuera de control!
-¡Nos vamos a estrellar! -gritó el Chavo.

Ñoño was too heavy. The car was out of control!
"We're going to crash!" cried Chavo.

-¡Frena, Chavo! -gritó don Ramón desde su bicicleta.

"Chavo, use the brake!" cried Don Ramón from his bike.

El Chavo puso un pie en la rueda para frenar el carro.

–¡Huele a pollo asado! –dijo Ñoño–. ¡Qué rico!

–¿Cuál pollo? –dijo el Chavo–. ¡Es mi pie que se está quemando!

Chavo put his foot on the wheel to slow down the car.

"Smells like barbecue chicken!" cried Ñoño. "Delicious!"

"That's not chicken," said Chavo. "My foot's on fire!"

-Me despiertan cuando lleguen a la meta -dijo Quico al sobrepasarlos.

"Wake me up when you cross the finish line," teased Quico as he pulled ahead.

Pero Quico no se fijó por donde iba.
¡Y se estrelló!

But Quico didn't look where he was going.
He crashed!

—¡Cuidado con el hueco, Chavo! —gritó don Ramón tratando de bloquear el camino.

"Chavo, look out for that pothole!" cried Don Ramón, trying to block the way.

Pero el Chavo y Ñoño chocaron con don Ramón, que salió volando y se estrelló contra un árbol.
Los chicos cayeron en el hueco.

But Chavo and Ñoño knocked into Don Ramón, who went flying and crashed into a tree.
The boys fell in the hole.

Después de la carrera, don Ramón tenía muchos chichones y moretones.
También cargaba una rueda de bicicleta.
–¿Se está haciendo una silla de ruedas? –preguntó el Chavo.

After the race, Don Ramón had lots of bumps and bruises.
He was also carrying a wheel.
"Are you making yourself a wheelchair?" Chavo asked.

-No -dijo don Ramón-, es para arreglar mi bicicleta.

-¿Cuál bicicleta? -preguntó el Chavo.

-¡La que destrocé por tu culpa! -gritó don Ramón.

"No," said Don Ramón. "It's to fix my bike."

"What bike?" asked Chavo.

"The bike I ruined trying to help you!" cried Don Ramón.

–No creo que pueda arreglarla –dijo el Chavo.

"I don't think you can fix it," said Chavo.

-¿Por qué no? -dijo don Ramón.

-¡Porque se la está llevando el camión de la basura! -dijo el Chavo.

"Why not?" said Don Ramón.

"Because the garbage truck is taking your bike away!" said Chavo.